약산에 핀 연화여

약산에 핀 연화여

초판인쇄 · 2017년 8월 21일
초판발행 · 2017년 9월 5일

지은이 | 도일 스님
펴낸이 | 서영애
펴낸곳 | 대양미디어

출판등록 2004년 11월 제 2-4058호
04559 서울시 중구 퇴계로45길 22-6(일호빌딩) 602호
전화 | (02)2276-0078
팩스 | (02)2267-7888

ISBN 979-11-6072-014-3 03810
값 15,000원

＊지은이와 협의에 의해 인지는 생략합니다.
＊잘못된 책은 교환해 드립니다.

이 도서의 국립중앙도서관 출판예정도서목록(CIP)은 서지정보유통지원시스템 홈페이지
(http://seoji.nl.go.kr)와 국가자료공동목록시스템(http://www.nl.go.kr/kolisnet)에서
이용하실 수 있습니다.(CIP제어번호 : CIP2017020607)

약산에 핀 연화여

도일 스님 두 번째 시집

대양미디어

책을 펴내며…

풍경소리 벗을 삼고
들어주는 이 없는 작은 수행처에
마음을 열어놓고 가르침의 소리를 전합니다.
살아있는 법을 진여의
울림 그대로 나타내고자 님이라는
표현을 썼습니다.
때로는 수행자의 고뇌를 다루기도 했고
깊은 교감 속에서
이루어진 성사의
메시지를 소승의 근기로 가르침을
펴고자 비유와 자유로운 사유로써
대중을 향한 소승의
마음을 전해 올립니다.

경전의 가르침에 익숙한 대중에게 처처에 참된 성품의
나툼을 깨달음으로 전하고 천지만물의 이치에 불법을 조금
인연지어 참 법문을 남깁니다.

소슬바람 한 자락 불어올 때두 느낌을 전하고
작은 샘물가에 앉아 명경 같은 선시를 쓰기두 하면서
오직 사부대중을 위한 울림이 되기를
소승 마음을 다해 합장 올립니다.

높은 자리보다
대중 속에서 함께이길 원했고 근엄한 법의 보다
평범한 일상복을 입고 보시를
받기보다 정직한 노동의 대가를 전하고자 했습니다.
반선반농의 자세로 어느 때는 예불두 빼먹기도 하고
삼겹살에 농주 한잔을
걸치기도 했습니다.
이것이 참된 가르침이
아닐는지요.

『약산에 핀 연화여』라는
제목은 감히 올리기 무겁지만
약산이라는
이 산천에 주인공이
자성을 성찰하고 붓다의 가르침을
연화로 비유해서
남긴 의미입니다.

많은 질타와 잘못된
편견이 있다 하더라도
수행자로서 부끄럽지 않게 늘 채찍을
들겠습니다.
이 글을 사부대중 앞에
바칩니다.
감사드립니다_())_

2017년 8월
천지암에서 도일 스님

차 례

책머리에   005

제1부 수행자의 마음

그대 그리움 머문 날에   016

진 여!   018

님의 여정!   020

무 명   022

새벽일기   024

노새의 등을 타 보았는가…?   026

경칩의 절기에…   028

무정설법   030

수행자의 마음   032

새벽아침…!   034

천지암 매실이 익었네!   036

내가 천지의 하늘에 무쇠기둥 세우리니   038

그대! 만공이여   040

정초기도 회향   041

고요함의 경계!   042

제2부 삶의 깨달음

무주구천을 얼마나 헤맬거나…　044

무지갯빛 사랑　046

가을의 끝자락　048

붉은빛 연서　050

법을 쫓아 나선 길　052

삶의 깨달음　054

산승의 미소　056

법을 묻는다　058

사랑했던 사람아!　060

누가 나와 함께 하겠는가!　062

작은 인연　064

가르침의 진수　066

용왕제 방생법회　068

열반의 길　069

세월의 흔적　070

길 없는 길

새벽의 의식　　　　　　　　072

길 없는 길　　　　　　　　074

소리 없는 소리　　　　　　076

솔잎에 숨은 송이　　　　　078

그리움　　　　　　　　　080

명상 터　　　　　　　　　082

좌선 중에 맞닥뜨린 일　　　084

오작교 해후　　　　　　　086

누가 가르침을 줄 것인지…　088

천지암 저녁　　　　　　　090

그리움이 머물면　　　　　092

산사의 법당　　　　　　　094

연둣빛 봄　　　　　　　　096

세월의 무게　　　　　　　097

춘설의 매화　　　　　　　098

무명을 걷어내고

인품이 무엇을 말하는가!　　　　　100

천지의 변화　　　　　　　　　　102

대답 없는 이　　　　　　　　　　104

잠 못 든 나그네　　　　　　　　　106

적막감 도는 새벽산사　　　　　　108

우리네 삶의 모습　　　　　　　　110

삶의 뒤안길　　　　　　　　　　112

지혜의 눈　　　　　　　　　　　114

님에게 보낸 저녁편지…　　　　　116

무언의 가르침!　　　　　　　　　118

여 명　　　　　　　　　　　　　120

정겨움 가득한 세상　　　　　　　122

우수에 잠긴 마음　　　　　　　　124

님 마중　　　　　　　　　　　　125

무명을 걷어내고　　　　　　　　126

제5부 심상에서 피는 연화

그대들은 아시는가?　　　　　　128

정겹고 아쉬운 시간　　　　　　130

감로의 법　　　　　　　　　　132

무언의 메아리　　　　　　　　134

사랑하는 님!　　　　　　　　　136

천지암 아침　　　　　　　　　138

고요한 산천　　　　　　　　　140

잊어버린 존귀함　　　　　　　142

출가란 무엇인가?　　　　　　　144

영산에서 설한 법　　　　　　　146

무　상　　　　　　　　　　　148

심상에서 피는 연화　　　　　　150

나는 누구인가?　　　　　　　　152

세월의 속삭임　　　　　　　　153

수행의 시간　　　　　　　　　154

제6부 **무심에 드리워진 운무**

우주의 법계 156

마음의 연서 158

변함없이 반기는 청산 160

고마운 마음 162

이른 봄 164

님의 자취 166

무심에 드리워진 운무 168

그리움 하나 170

여래의 진면목 172

생명의 메시지 174

무언의 대화 176

기다리는 봄 178

반가운 벗 180

티끌 같은 삶 181

산사 뜨락에 지는 석양 182

연화의 세계

사랑의 메시지	184
산승의 그림자	186
부처님 설법	188
기다리는 벗님네	190
깊은 사색	192
님의 소식	194
봄을 맞이하는 천지암	196
고요한 산사	198
내게 열린 세상	200
피어나는 연화가 되어	202
우중의 사색	204
만다라	206
연화의 세계	207
산천의 벗	208

제1부
수행자의 마음

그대 그리움 머문 날에

진 여!

님의 여정!

무 명

새벽일기

노새의 등을 타 보았는가…?

경칩의 절기에…

무정설법

수행자의 마음

새벽아침…!

천지암 매실이 익었네!

내가 천지의 하늘에 무쇠기둥 세우리니

그대! 만공이여

정초기도 회향

고요함의 경계!

그대 그리움 머문 날에

그대 그리움 머문 날에
꽃잎은 옹달샘 물가루
하나둘씩 내려앉구
관음전 염불소리 님을 여의건만
촛불은 바람이 없이두 흔들리네…
구법을 향한 목마름에
메아리 남겨놓구
님은 운무에 가렸어라…

내게 님은 전체의 마음인데
무릇 경계가 묘용해서
그대의 마음을 훔쳤구나…
아…! 이 일을 어이하리
제도 못한 마음은 우수에 잠기우구
꿈속에 꽃과 나비는
저리두 애틋한데…!
님은 촛불 속에 연화루 꽃피우네.

운무아래 돌아갈 길 잊었노라
혹여 그립거든…
청산에 나비되어 님의 곁에
머무려네
청산은 관음의 소리루 가득하구
묘법은 무생으루 존재하니
아는 마음이여…!
님을 보구싶구나…

진 여!

진여!
무엇을 가지구
마음의 깊이를 헤아리누!
특별한 잣대 내겐 없다네!
그저 마음이 오구 갈뿐…
먼 과거의 업력이 오구 가구
현재의 마음이 전해올 뿐이라네
미래의 지혜 또한
그대의 마음상이 내게
주는 메시지 아닐는지…

누가?
미래의 삶을 논할 수
있겠는가!
다만 마음을
쫓아 지혜를 연다면
운무 걷힌 산하를 바로 볼 수
있지 않겠는가!

어찌하누 그대여!
내겐 빛바랜 세월의
무게만이 춤을 추니…
누가 나와 함께 하겠는가!

조사의 성품이
이러하거늘…
공허한 빈자리 무엇으로
헤아리누!
낡은 갓끈은 세월을
드리우고 청산에
구름이 몇 번이나 흘렀는지…
나그네 또한 묻고저
아니하네!…

님의 여정!

긴 침묵의 시간두
무디어져 가구
하나둘씩 변화의
바람이 분다!
호랑나비 한 마리 춘풍에
가녀린 날갯짓이구
벌들은 허공에 맴을 돈다!

매서운 바람은 아직
불어오지 않지만
매화꽃 눈망울 붉어질 때면
또다시 가슴시린
시절 오구 가겠지!
찬 밤을 얼마나 견뎌야
붉은빛 피어나려는가…

천지에 바람두 봄을
끼구 돌아 대웅전 앞
물가에 얼음도 모습을
감추려 하네!
각자의 눈에 비친 모양새
무엇을 말함인가!
현자여! 물으소서…

무 명

무명의 이름으로 태어나
청산을 벗을 삼고
님 맞이한 세월 얼마던가!
해는 서산으로 향하는데
몰구 온 소는 어디로 숨었는가!
서녘은 붉게 물들구
노을은 깊다.

지혜의 끈 놓칠세라
운무아래 돌아보지 않았거늘
이젠 돌아갈 길 보이지 아니하네!
청산은 고요를 깨고
선객의 주장자 산천을 뒤흔드네!
누가 와서 보겠는가!
침묵 속에 이 소리를…

혜자여!
내 말 들리는가?
상고의 법 처처로 향하지만
눈 멀구 귀 어둡다면
허상은 천지를 돌아보지 아니하네
백의관음은 말이 없구
남순동자 또한 들은 게 없네!

새벽일기

먼동이 트기두 전인데
밤새가 처량하게두 우누!
긴 여운이 한이 서린 듯한
애절함을 토해내며
구슬프게두 우네!

새벽녘 깨알 같게 드리운
별빛들이 머리위로 수를 놓고
깊은 고요가 숨을 쉰다
내면의 진면목
깨달음에 있을진대…

과거의 마음 어느 결에
찾아들어 심상을 어지럽히는가!
오직 대문 밖 어지러움에
물들지 않으려 빗장을 잠근 세월
강산이 얼마나 변해갔누!

스승을 따로 섬기진 않지만
티끌까지두 지혜의
면목을 나툼이네!
큰 스승의 가르침 우주에
가득하니 근원을 따져
무엇하리…

노새의 등을 타 보았는가…?

예루살렘으루 들어서는 성자
노새의 등을 타구
가장 낮은 곳으루
임하였네…!

우스꽝스러운 해프닝…

아무두 그가 이천 년 역사에
큰 주인공이 될 줄
알았겠는가…?

노새의 등을 타보지 않고는
벽에 가리어진 진실을
전할 수가 없어

나 또한 노새의 등을 빌리려 하네….
수많은 스승이라 자처하던
목자들 앞에…

비루한 노새의 등을 타구
천지의 소식 전하려
현해탄을 건너왔네…

새벽을 깨우기 위해
원효성사의 가르침을 펴구자
걸망을 내려놓으려 하네…!

경칩의 절기에…

개구리 소리 들어보셨나요…?
양지쪽 작은 웅덩이
머리를 물 밖으루 내밀구
사랑하는 님을 부릅니다….
개굴개굴…. 개골개골….
긴 겨울 죽음과두 같은
시간을 보내구
생명의 환희를 맞이하는
경이로운 합창소리….
들어보셨나요…?

사랑합니데이…!
경칩에 눈을 뜬 그대여…
서로가 서로를 애타게
부르네요…
천지의 경이로움이 오늘
님들의 뜨락에두
가득 했으면 좋겠습니다…

지옥을 달려온 저승사자두
저 생명의 소리에 놀라
자취를 감추구….

희망을 꿈꾸세요…
저 빗속에 울어오는 개구리처럼…
새로운 열정으루
경칩이 주는 오늘의 의미를
드리려 하네요…
천지의 일상이 우주법계의
법의 성품입니다…
자연이 들려주는 법문이
님의 경전에 새로운 활구가
되길 서원합니다…

무정설법

풍경소리 추녀 끝으루 울구
바람은 종없이 불어오네…
이 적막한 산사에
사람소리는 어느 결에 들어보리…
약산의 푸른 청솔
만상의 으뜸이나
사오월 시절 오면
상수리나무에 빛이 바래구
아무두 청솔을
푸르다 아니하네…
누가 이 시절 절개를 논하려누…

내 행주처는 어디인가…?
저 바람은 사정없이 불어오구
혼불마저 희미하면
누가 나를 스승이라 하리…
허공 속에 화엄경을 설하구
천만번 그대의 이름을

부르노라….
바람은 한라에서 백두까지
밤낮없이 불어오건만
천지에 모인 대중은
기척이 없네…

천산에 주인은 말이 없구
높이든 주장자만
시절을 기다리네….
어느 결에 명랑한 울음소리
나를 찾아 예경하는구나…
마음으루 전하는 경계에
한 마리 푸른 이름 모를
새이면 어떠하리…
내 혼불 그대의 심장에
살아있는 법을
전하려 하네….

수행자의 마음

적멸의 순간을
너는 그리두 아름답게
드러내는구나…

저 환희심…!
깊은 은유와 천만가지 사고를
일으키구

고요한 명상을 내게 들게 하네…
서녘의 저 희유한 벗이여…!
그대 내 마음을 잘 표현하리…

나와 함께한 긴 수행의 시간
가슴에 그대를 품구
한세월 그리 살았어라….

나의 벗이여…!
내게 만공의 가득함을 일러주구
법의 환희심 드러낸 그대는

오늘 서녘으루 집을 짓네…
언제나 가고 올거나
그리운 벗이여…!

새벽아침…!

새벽아침 창가에
이름 모를 새 한 마리
사뭇 정겹게 새벽을 노래하네…
그 소리에 끌려
마음을 열구 귀 기울여
너의 마음을 듣는구나…!

오롯이 앉아
지휘자 없는 무대 위에서
소프라노 가수처럼….
너는 그리두 아름답구나…!
설레는 마음을 그대는
아시려는가…?

오늘 내게 환희심으루
출렁이게 하구
앞산자락 진달래는
수줍게 미소 짓네…!

천지에 봄은 이리두 깊은데…
허공 속에 님은 속절이 없구나…!

저 남산에서
짝을 찾는 노루는
벌써부터 산천을 떠들썩하게 하구
온 천지루 소란을 떠네….
먼데서 찾아온 길손은
이 소리 들리는가…?

천지암 매실이 익었네!

눈 속에 피어나
여리디 여리게
혹독한 추위 견뎌내며
넌 그리두 잘 자랐구나…

무엇이 너를 그토록
질긴 생명력을 주었는지…
가느다란 몸매에
주저리주저리 많이두 열렸구나…!

푸른 청매실
봄내 천지암 뜨락을 장식하구
여름이 오기 전 결실을 보네…
입가에 미소 가득히….

매실아…!
잘 자라줘서 고맙구나
네가 여기까지 오는 동안
몇 번의 눈보라 몰아쳤는지…

너의 생명력이 부럽구나…!
태풍같은 비바람 몰아쳐두
여린 몸은 질긴
고래힘줄 같네……

내가 천지의 하늘에 무쇠기둥 세우리니

눈앞에 보이는 저 천산
면벽이 되어
눈으루 보이는
가지가지 현상에
귀막구 눈 멀으니….
환희심 일어 지혜 열리거든
빛 가운데 마음을 놓아
우주에 뜻을 전하리…

아무런 오구감이 없어두
깊은 내면은 만산을
능히 꿰뚫구두 남으련만…
철 이른 연화는
님의 마음에 심지를
흐리게만 하려 하는구나…!
연화여…
연화여….

문밖에 뻐꾸기는
새벽부터 울구
언제부터 이 고요한 산사가
천지의 소리루
고요함을 잊었는가…
내가 천지의 하늘에
무쇠기둥 세우리니….
천지의 불자여…
법열로 가득하소서…!

그대! 만공이여

무심을 논하지만
경계가 따로 없으니
어디로 들어가고 나옴인가!
색이 깊어져야 시절이
변한 줄을 알 뿐이네!…

한 소식!
전하고저 무심으로 들어가니
색을 논하면 색이 되고
공을 논하면 공이 되네!
내 머문 자리 비웠으니…

그대! 만공이여.
내 얘기 들리거든 처처로
나투소서!
이미 뜰 가운데
봄기운 완연하니 청룡백호가
춤을 추네!

정초기도 회향

옹호성중 만허공
허공가득 얻고자 하는
지혜 넘쳐나도
겉도는 마음이야 어찌하누!
그대! 무엇을 도라 하는가?

넘쳐나는 경전구절
스승의 경계 없이 올리구
내려놓으니 부질이 없는 실상이네!
눈앞의 현상은
무엇을 말함인가!

물은 물대루 바람은 바람대루
오구감이 여여한데
한 생각 거침없이
허공을 질타하네!
누가?
천하에 새벽바람
알리려나…

고요함의 경계!

고요함의 경계에 서서
뒤돌아 본 세월
청산은 몇 번이나 변해갔누!
마음 밖 운무는 시절을 말함인데.
법당 앞 소나무
바람소리 지나가네!

또다시 동녘은 붉어지구
고요 속 움직임이
새벽을 맞는구나!
이제 본래의 제 모습 처처에
두루하니 밭 갈구 씨 뿌린
모습 역력하네!

허상을 바로 보면
지혜의 눈 열리리니
외눈박이 소 허공을 돌아보네!
누가 거량을 논하겠누!
오구 가는 경계가 이러한데…
이보게! 차 한 잔 하시게나.

제 2부
삶의 깨달음

무주구천을 얼마나 헤맬거나…

무지갯빛 사랑

가을의 끝자락

붉은빛 연서

법을 쫓아 나선 길

삶의 깨달음

산승의 미소

법을 묻는다

사랑했던 사람아!

누가 나와 함께 하겠는가!

작은 인연

가르침의 진수

용왕제 방생법회

열반의 길

세월의 흔적

무주구천을 얼마나 헤맬거나…

무주구천을 얼마나 헤맬거나…
무명업식에 가리어져
피안의 길에 들지 못하는
마음이여…!
밤낮없이 들구나는 저 영혼
내게 찾아와 고통을 호소해두
그대들 자손은 기척이 없구나…
나는 그 일을 걱정할 뿐

내 몸에 병 생김을 중히 여겨
약방문전 성시를 이루건만…
아무두 인과의 일인 줄
알지를 못하리니…
애석타 이 일을 어쩔거나…
백중재에 위패는 넘쳐나두
한 생각 열반에 드는 마음
어디에 있누…?

아무두 깨침의 소리
일러오지 아니하구
허상 속에 미혹하여
성사의 나툼을
알아볼 이 누굴런가…?
저무는 사바의 세상
붉은 저녁노을 같구나
노사의 마음 이와 같음이네…!

소를 모는 저 채찍질두
이젠 일원상 밖의 일이려니
백설이 가득하여
오구가는 길 끊겼어라…
청산에서 운무 일면 그대
종적 없이 무주공산에
넋이 되리니
아무두 이 일을 거론하지 않으리…

무지갯빛 사랑

자귀꽃 칠월이면
어김없이 피어나고
시절은 풍상을 안고 도네!
무지갯빛 자귀꽃
님 부르는데!
고운 빛 내님 무얼 하시는지…
산허리에 요염히두
피었건만 그리움만 맴도네!

저기 문 앞에 금방이라도
환한 웃음 한가득
머금고 오련만…
어디에 계시나요?
당신!
꿈두 깨구 나면
허망하기 그지없구
먼 하늘 구름은
그리움 몰구 오네!

님은 침묵 속에 머물고
수줍게 피어난
무지갯빛 사랑 오늘두
님을 기다리네!
아픔을 청산에 묻기엔
너무 가여워
산천의 허리를 휘감아
수줍게 피어나네!

가을의 끝자락

천산을 휘도는 바람이
가을의 끝자락을 알리는가?
하늘가득 소란을 떠네!
한 잎 두 잎 주워보면
그리움인데…
온천지가 낙엽으루 가득하니
이 일을 어찌할꼬!

대웅전 앞마당
고운 이불 겹겹이 수를 놓네!
지금이야 지는 낙엽으루
몸살을 앓겠지만
가을이 가구 겨울이 오면
저 메마른 나무새로
스치는 매서운 바람은 어쩌누!

도토리 굴밤은 서 말이나
주웠는데…

어디서 그리운 님 마주할꼬!
딱히 전할 곳 없어두
먼 하늘 쳐다보며
괜스레 눈시울 붉어지네!
그대 여여 하신가?

하늘루 불어오는 바람이
낙엽으로 가득할 때면
가슴시린 기억쯤은
도망갈 때두 되었건만…
산승은 아직두 옛일을 기억하리…
또다시 찾아온 늦가을의
그리움들을…

붉은빛 연서

천지를 둘러봐두
무엇이 그리 허망한지…
솔가지 새로 바람만 인다!
만산은 붉은빛에 취하구
허공은 청아한데…
지난날 애닲던 그대는 누구신가?
허공 가득 바람소리 몰려와
옛일두 잊었노라 하네!

찬 서리 이미 천산을
수없이 오구가구 푸른빛
연약함은 누런 황갈색으루
변해만 가는구나!
영산의 말없는 법
진견하는 이두 듣는 이두
아는지 모르는지…
바람소리 수없이 천지를 몰아치니
망경사 풍경만 소리를 내네!

그대여!
내말 들리거든
먹물빛 바래기 전에
천지로 나투소서!
붉은빛 연서 다 가기 전
전하고자 함이려니…
만산의 신령함으루 모두에게
회향하고자 기도하네…

법을 쫓아 나선 길

사방은 칠흑같구
이 밤 빗소리가 적막을 깨누!
그대 나를 사랑하시는가?
벚꽃 가득한길 소풍 길을 떠났지!
님이 좋아라 하는 일이면
밤이 깊어두 힘들다
아니했건만…

긴 세월 서로에게 상처는
주지 않았는지…
눈물이 비와 함께 오네!
오직 법을 쫓구자 길을 나섰지만
아픔만이 오구 가누!
가는 길 묵묵히 지켜보면
좋으련만…

애써 무엇을 할꼬?
생사를 같이한 그대여!

살아온 세월 어떠하던가?
긴 잠을 잤네
내게 있어 그대는 누구인지…
온갖 시름 누굴 위한
처절한 아픔이었누!

그대여!
편안하시길 두 손 모아 기도하네
내 현생의 마지막
순간까지 부처님 전 향 사르리…
내가 믿거든 과거의 성현
가르침을 쫓으시게!
내 어찌 그대를 잊겠는가.

삶의 깨달음

어깨위에 내려앉은
시간만큼…
삶은 허허롭다!
고독을 즐길 줄 알고
낭만두 이미 내 곁에 와 있네.
고운물결 천지를
수놓은 다음에야
삶이 무엇이란 걸 이제야
깨닫는 걸…

옷깃에 드는 바람이
어떤 의미인지
시간이 저만큼 가구 나서야
알게 되었네…
격랑의 시간들!
내게 주어진 크구 작은 굴레
큰 꿈을 꾸었지…
짧지도 길지도 않은 시간만큼
돌아보지 않고 걸었네!

서산에 노을빛
찬연히 빛나구
상수리나무 결실에
가을을 맞네…
내가 거둘 수확 얼마인가
들판은 황금색 출렁이구…
마음밭 농사는
천지에 걸망으로
다함이 없을런지…

산승의 미소

산은 고요하구
운무는 평화롭네
세상사 어디에 비길 건가!
나무는 비바람에 춤을 추듯
잔잔하게 일렁이구
산승의 눈가엔
미소가 번지네!

운무 밖 세상사
온통 시비뿐이더니
이곳 청산은 말이 없네!
경계를 두어 무엇하리
취한 듯 머무르구 깨인 듯
바라보니 온통 환희심
가득하네…

간간히 벗님네들 오구가구
구절초 길가에 널렸어라!

이름 모를 청산의 벗들이여!

운무아래 그리움 머물거든

아랫녘 소식

바람결에 전하리니

그대여!

꿈길에 나투소서…

법을 묻는다

사과는 붉은빛이 돌구
절 앞에 두릅나무
가을빛 닮았어라!
계절은 이리두 무상한데…
저무는 해질녘
붉게 노을진 서쪽하늘
노승의 마지막 빛과 같구나!

얼굴가득 홍조로 물들이구
두터운 어둠을 밝히리니
법을 묻고저 한다면
천지를 논하소서…
서산에 지는 해는
동쪽하늘 여명과 같으리니
빛과 같이 지혜의 나툼이네!

한낮 이름 없는
무명의 모양새로
소를 얼러 길을 재촉하네!
누가 이 소식 받으려누…
문밖엔 아우성이구
소를 바로 보겠는가?
운무는 언제나 걷힐는지…

사랑했던 사람아!

여객선 뱃머리
등을 돌려 떠나가구
고요한 바다 풍랑이 이네!
쪽빛하늘 저편에
님은 무얼하구 계실는지…
갈매기는 깊은 바다 넘나들구
옥빛 비취색 물결
그리움 넘나드네!

세상은 이미 내 곁을 떠나가구
시비두 문밖의 일이라네!
뱃길은 가늠하기 힘들어
님의 소식 언제나
접할는지…
그대여! 여여하시게나!
이미 물길 멀어
가구오지 못하리니…

지난날 헛맹세는
바람결에 날리리니
부디 편한 세상 만나거든
구업 짓지 않길 빌어보네!
현생에 못다 한 마음일랑
부처님 전 향 사르구
전등사 추녀 끝을 염하소서!

누가 나와 함께 하겠는가!

진여!
무엇을 가지구 마음의
깊이를 헤아리누!
특별한 잣대 내겐 없다네!
그저 마음이 오구갈 뿐…
먼 과거의 업력이 오구가구
현재의 마음이 전해올 뿐이라네
미래의 지혜 또한
그대의 마음상이
내게 주는
메시지 아닐는지…

누가?
미래의 삶을 논할 수
있겠는가!
다만 마음을 쫓아
지혜를 연다면
운무 걷힌 산하를 바로 볼 수

있지 않겠는가!
어찌하누 그대여!
내겐 빛바랜 세월의
무게만이 춤을 추니…
누가 나와 함께 하겠는가!

조사의 성품이
이러하거늘…
공허한 빈자리 무엇으로
헤아리누!
낡은 갓끈은 세월을
드리우고 청산에
구름이 몇 번이나 흘렀는지…
나그네 또한 묻고자
아니하네!…

작은 인연

이미 모든 걸 내려 놓구
흐르는 세월을
기다리려 했습니다!
천지는 무엇을 준비하는지…
억억천천의 겁을 지나
만남을 준비하구
작은 피장이 스치우듯
온통 물가를 소란하게 합니다

작은 인연마저두
수많은 얽매임이 흐르구
나서야 본래의 자리를
나툼인데!
중생의 나툼 또한
비와 바람이 지나듯
시절이 오구가야만
이루어지나요?

잔잔한 바람이
구름을 몰구 저 멀리
달아나려구 합니다!
어찌해야 하나요
선들바람은 이미 비수가 되어
내게 다가오구
머지않아 지붕 위 바닥에는
흰서리 내릴 텐데…

가르침의 진수

구름과 운무가 춤을 추니
세상이 눈 아래 있네!
헤진 옷 걸쳐 입구
보릿대 모자 눌러쓰니
무엇을 한들
누가 흉을 보리!
바람은 구름을 몰구
청산을 가고오구…
해뜨구 해지기를 몇 번이나
하였는가!

만공 중에 달빛 드리우고
기울이는 찻잔은
생각마저 잊었어라!
손 객은 이미 끊긴지
아득하구 과거의 벗님네
자리를 떴네!
부질없는 세상사여!

내게 무엇을 말해 주려는가!
지난일 돌아보니
문밖의 사계구나!

나무위에 졸구 있는
선객이여!
세상은 명리와 엇갈리구…
백락천의 문답은
무엇을 말하는지!
세 살 난 어린애두 아는 일을
팔십이 되어가두
지키긴 어렵다네!
가르침이란 어려운 일 아닐진대
행함이 가르침의 진수라네!

용왕제 방생법회

멀리루 갈매기 떼
앞서거니 뒤서거니
서루 정겹구나…

여유로움 가득한데
바람은 멎어
온 도량 가득 환희심 일어나네…

물은 깊이를 알 수 없구
마음은 어느 결에
해탈을 이루려는가…!

여기 모인 대중이여…
허공으루 오시는 신령함
이 자리에 나투리니…

뜻과 같이 여여하소서…
나무 삼주호법 위태천신
용왕대신 용왕대신 용왕대신….

열반의 길

요령소리 처량하다!
유족은 슬피 울고.
길 떠날 채비 분주한데
어느 산으로 향할는지…

남산 어드메에 한자리 잡았는가!
아직 눈 밝은 스님네
오구가지 못하는데 저 망자!
무엇이 그리두 급하던지…

들구 나는 숨소리
이미 멎은 지 오래이네!
저으기 동구 밖 까마귀
갈 길을 재촉하구

그 누가 저 망자 가는 길을 위로하리
마음에 장벽일랑 벗으시구
궂은일 세상사 모두 내리시구
부디 열반으로 향하시길…

세월의 흔적

자손은 이미 발길이
끊어진지 오래이구
시간은 강산이 몇 번이나 변해갔누!
과거엔 명당이라 했거늘
오늘 이 자리
세월의 흔적만 머문다네!

망자여!
무엇을 말함인가?
집은 이미 남루하여
무상으로 향하구
인적은 가구오질 아니하네!
그저 비바람만 오구 갈뿐…

사대는 흩어져 기억마저
허망한데 망령된 한 생각
천지로 화했는가?
솔은 이미 허공으루 드리우구
참나무 도토리
무덤가에 하나둘씩 떨어지네!

제 3 부
길 없는 길

새벽의 의식

길 없는 길

소리 없는 소리

솔잎에 숨은 송이

그리움

명상 터

좌선 중에 맞닥뜨린 일

오작교 해후

누가 가르침을 줄 것인지…

천지암 저녁

그리움이 머물면

산사의 법당

연둣빛 봄

세월의 무게

춘설의 매화

새벽의 의식

새벽4시!
아직은 모두가 꿈속에 있을 시간
산속의 작은 법당엔
불이 하나둘 켜지기 시작하네!
망자의 명정사진 앞에두
촛불은 하늘거리구
밖은 시리도록 차가운
달빛이 천지루 비춰오네!
잠 못 든 그대는 누구신가?

깨어있는 의식은
하루를 준비하구
님 앞에서 예를 갖추네!
님이시여 오늘의 청정한 빛
시들지 않게 하소서…
이미 달빛두 지는 반월이라
내게 남겨진 시간두

저 달빛처럼 금음으로
향하겠지…

새벽별 잠시 떴다
여명 속으루 사라지구
새벽아침이 밝아오네!
오늘은 무얼 하지?
벼는 곳간으로 넣으면 될 일인데
먼 곳에 님은 무얼 하실는지…
그립다 말을 어디에다
할꼬… 그대여!
내 생각 하시려는가…!

길 없는 길

그대여!
무엇을 얻고저 여기 왔누
갈매기는 뱃길 따라
허공으로 춤을 추구
먼 바다 지평선 편안함 얻었는지…
수행자의 눈가엔
고요가 머물구
깨지 않을 침묵만
꿈길처럼 오구 가네!

누가 이미 이 길을 다녀갔누?
허공길이라
길이 없는 줄 알았건만
삼계로 통하는 문
확연히 드러나네!
큰 스승의 길 없는 길
천지에 가득한데…
누가 이 도리를 아시는가

선자여!

세상사 왜 이리두 허망하누!
목소리들은 아우성이구
죽기루 시비만
일삼으니
언제 주장자
고요를 깨우려는가!
현자가 지나온 길
물과 바람 같을진대
어디에서 법을 물으리···

소리 없는 소리

시리도록 차가운
별빛이 하늘가득 수를 놓고
천지암 굴뚝에는
연기가 이네!
새벽녘 설레임에 마음을 담구
누군가를 위한
기도를 하네…

시방에 벗들이여!
내 기도 들리시는가?
청맹과니두 마음 길 열리니
오구감이 여여하구
무정들두 현묘한 상
처처에 나타나네!
두두물물이 진여의 나툼인데

오늘 내게 푸른빛 일어
하루를 살피려하네!

찰나에 들구 나는
소리 없는 소리를…
거대한 수레 쉼 없이 돌아가구
만공은 형형색색으로
다가오누!

그대여!
들리시는가!
언전에 일어나는
빛과 같은 소리들을…
그대 또한 환희심 가득하시길
기도하네!
현생의 빛들이여…

솔잎에 숨은 송이

산 깊은 골
어디엔가 있을 송이를 찾아
이른 아침 길을 나섰네!
늘 오르는 산길
적적함 가득 몰려오구
이름 모를 새들의
합창이 고요를 깨우네!

누군가 이슬을 밟고 지나갔누
멧돼지 온 산천을 누비구…
산 능선을 돌아
한자리에 머무니
솔잎을 머리에 이구
산골 소녀처럼
송이가 수줍게 나를 반기네!

기다림에 약속처럼
설렘이 또 있으랴!

누군가를 한자리에서
기다려 본적이 있는가?
오늘따라 그대를 만남이
환희심으로 가득하네…
내 맘 가득 그대 곁으로 달려가리…

그리움

내 어찌 누굴 탓할 수 있겠누…
마음은 수없는 생사를
넘나들구 어디서 오는
바람 같은 마음인가?
하늘은 끝내 서러움을
토해내구 삶의 한 자락
비에 젖게 하누!

빼곡하게 써놓은
일기장처럼 내게 남겨진
그리움들…
누구에게 전할는지!
인연이 없다면
한 물건두 내게 없는 것을…
오직! 천지만 바라볼 뿐

쓸쓸하게 가을을
맞이하려는가!
하늘두 서러움에 울음 울고
골 깊은 골짜기 소리를 내네!
빈 마음 언제런가!
오늘 내게 진솔한 마음
누가 있어 오구가누!

명상 터

향로 속에
거미 한 마리
아침부터 지켜보지만
맴만 돌뿐…
향로 밖 세상으로
나오려 아니하네!
내가 머문 명상 터에
개구리두 찾아오구
베짱이 제집인양
터를 잡네!

매미소리
아침부터 저녁까지
울어오구 잠자리
간간히 문안두
하구 가니
그들이 벗이요 친구라네!
깊이 빠져들어

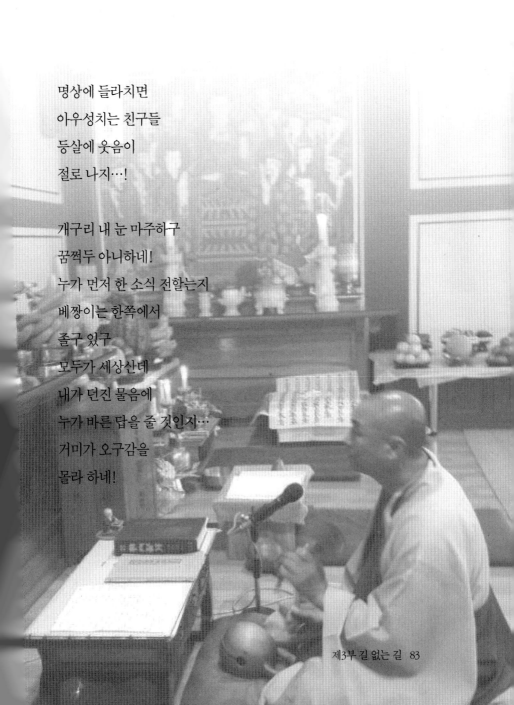

명상에 들라치면
아우성치는 친구들
등살에 웃음이
절로 나지…!

개구리 내 눈 마주하구
꿈쩍두 아니하네!
누가 먼저 한 소식 전할는지
베짱이는 한쪽에서
졸구 있구
모두가 세상산데
내가 던진 물음에
누가 바른 답을 줄 것인지…
거미가 오구감을
몰라 하네!

좌선 중에 맞닥뜨린 일

어느 한 날
우물가 기도터에
우연히 땡비 벌 한 마리
보게 되었네!
좌선 중에 맞닥뜨린 일이라
한참을 보게 되었지…
내 있는 건 아랑곳도 않구
제 놈 하는 대로 지켜보니
하는 짓이 가관이라!

야단을 칠 수두 없구
이놈 하는 짓이
맞닥뜨리는 놈마다 싸움질이네!
물고 쏘구 또다시 떨어졌다간
또 깨물고 쏘구
안 싸우는 놈이 없네!
왜 그리두 싸우는 건지…
그대는 아시는가?
무엇을 위한 가르침이누!

처처에 스승 아님이 없거늘
내가 본 것은 무엇인가?
남루하게 살아온 세월
보여줄 것두 없는데
처마 끝 한 자락에
세월을 낚구
무소부재 한 구절을
마음에 새겼다네!
이제 어디루 가누…
선자여!

오작교 해후

얼마나 애절한 만남인지…
하늘두 소리 내어 운다!
까막까치 오작교 다리놓구
남과 북에서 견우직녀
만나는 날이라네!
상제님 노여움에 천지가
울어와두 그리움은
하늘가득 드리우누!

이제 그간의 해후는
하였는가!
얼마나 그리던 만남이랴
오작교 위에서 이루는 사랑
그대! 아는가?
만남의 인연이 내게 오기까지는
하늘과 바다가 몇 번이나
다하였는지…

숙생의 인연이 얼마나
거치는가를…
견우와 직녀의 만남이
그러하듯 천지의 길함과
흉함이 조화를 이루니
그대! 사랑을 하였거든
오작교 사랑처럼
간절한 마음으로 이루시길…

누가 가르침을 줄 것인지…

바람이 옷깃을 스치운다
어디서 오는 바람인지…
풍경소리 시끄럽게 울고
세상사 어디에 내 마음
전할는지!
갈길 몰라 희망두 포기한 채
생의 한자락 부여잡고
눈물짓는 그대여!

아는가!
누가 있어 가르침을 줄 것인지
삼계의 스승이신
부처님 이미 열반에 드셨구
마음이 전해온 지혜
대종사께선 알고 계시는가?
아난존자의 총명이
있다한들…

내 마음에서 들구나는
활법 없이는 중생의 스승
되기는 어려운 법
눈 푸른 납자 어디에서
만날는지!
시절은 이미 기우는데
걸망은 왜 이리두
무거운고…

천지암 저녁

산마루 위에
구름에 달 가리듯
지는 석양이 경이롭다!
아직 들녘은 해가 중천인데
천지암 저녁은 일찍 찾아오네!
어둠이 내릴 때면
산비둘기 한 쌍이 앞산 소나무
어디엔가 날아들구

인적은 이미 고요하다
남산두 검은 먹물 옷 드리우구
하늘두 구름을 머금었네!
안거에 드신 산하의 벗들이여!
한소식 하였는가?
허디한 명패마저 이미
버린 지 오래이니 누가
중이라 말을 하리…

님을 만나면 님과 마주하구
벗을 만나면 차를
한잔 해야지!…
마음속 전하는 인연의 끈
푸른 납자에게 전하리니…
의발은 남루하여 버린 지
오래이네!
그대여! 어여 오시게나…

그리움이 머물면

나 어릴 적 아버님!
유월유두라 하여
처음 나온 햇곡식
옥수수 푸짐하게 삶으시고
하얀 뫼를 지어 산 노그메
정성을 드렸었네!

골짜기 물 졸졸 흐르고
금줄 친 바위 밑에서
아버님 하얀 두루마기 적삼
고이 입으시고
산천의 주인이신 산신님께
치성을 올렸다네!

내 어릴 적 기억 저 멀리
그리움이 머물 때면
아버님 오신 길을 되짚어…
모양새만 달리 할뿐

회색장삼에 가사를
걸쳤어라!…

억겁의 세월동안
산천은 요요하고
천지에 바람은 멈추질
아니하네!
금생에 받은 수기
천지로 회향하리…

산사의 법당

적막감 깊은
산사의 법당엔
목탁소리 낭랑히
들려오고
희미한 등불 밤 깊도록
하늘거리네!
산승의 염불소리
이미 무아에 들었는가!

밤새도 이 밤엔
울어오지 아니하네!
선자여!
무엇을 얻었는가?
별들두 구름에 잠기우고
밤은 이미 삼경이라
명상에 드는 그대는
아시는가?
법의 성품을…

본래 무일물인데…
무엇을 논하리요!
가고 오는 인연마저도
마음 밖 현상 아닐런가?
오늘 내가 취하고
버릴 것이 무어겠누!
동녘으로 비친 별빛
지혜를 머금으리…

연둣빛 봄

저녁녘 골짜기마다
어스름 몰려오고 땅거미
이미 앞산을 덮고 있네!
마음은 누굴 향해
마주하지?

앞산두 정겹게 맞이하구
산 벚나무 길가엔
꽃망울 드리우네!
나 혼자 사색하는 이 길을 오늘은
그 누군가 옆에 있음 좋겠다.

연둣빛 봄은
천지로 수를 놓고
저마다 애절히도 핑크빛 품는구나!
누가 있어 이 마음 전할는지
아직두 가슴은 향수로 젖어드네…

세월의 무게

작은 나룻배 한 척
손님을 기다린지 얼마던가!
이끼가 끼고 삿대엔 손때가
머물지만 그저 정겹기만 하네!
언제부턴가 그곳의 일부가 되어버린
나룻배 한척.

잔잔한 여울목 파문이
강 건너 님 계신 곳 나루까지
꽃향기 그득 싣고 미풍에 달려가네!
세월의 무게 이미 풍우에 바랬는데
나그네 노 젓는 소리
고요를 깨고

만산에 진달래 물가에
비춰오면 님의 향취 그윽한
고향을 그렸어라!
마음은 아직 머묾이 없는데 갓끈은
이미 낡아 세월을 이기지 못하고
바람만 오구 가네!

춘설의 매화

춘설의 매화는
아직 눈 속에 찬데.
남녘 어디엔가는 벌써
봄소식 전해오네!

양지쪽 눈 녹은 새로
새들이 내려앉아
먹이 줍기에 바쁘구
서로가 그리두 정겹기만 하네!

천지암 매화 향은
언제 봄소식 전할는지…
마음은 이미 님 계신
그곳으로 달려가려 하네!

여물지 못한 그리움은
춘설의 마음인가!
아직두 바람결 매섭기만 하구
몇 번의 바람이 지나야
매화향기 피어날는지!…

제 4 부
무명을 걷어내고

인품이 무엇을 말하는가!

천지의 변화

대답 없는 이

잠 못 든 나그네

적막감 도는 새벽산사

우리네 삶의 모습

삶의 뒤안길

지혜의 눈

님에게 보낸 저녁편지…

무언의 가르침!

여 명

정겨움 가득한 세상

우수에 잠긴 마음

님 마중

무명을 걷어내고

인품이 무엇을 말하는가!

인품이 무엇을 말하는가!
모두가 스승다운
면모 보이건만
언행이 반듯한가?
숨기고 감출 것이 무어겠누!
속과 겉이 투명해야
하거늘…

그대여!
행여 길을 잘못 들었거든
뒤돌아 살아온 길 운무 걷힌
빈자리 돌아봄이
어떠한지…
지혜의 눈 맑히소서!
스승의 경계 논하거든

밤눈은 올빼미를
스승 삼고
낮 동안은 인식하고
인식하지 못하는 마음을
쫓아 경계를 삼으시면
어떠할지! 조과선사와
백락천의 문답에서 구하시길…

천지의 변화

꽃밭에 나비 한 쌍
애정표현이 한창이네!
화려한 검고 푸른 날개옷
암수 서로 정답구나!
좋은 시절 인연 만나
사랑을 하네!

라일락꽃 향기
온 도량 가득하고
뻐꾸기 소리 계절이
깊어짐을 알리는데…
천지의 변화 마음 밖 현상인가
내면의 고요함 어디에
둬야 할지…
그대 아시는가?

오직 마음에 지혜의 샘
맑히는데
자연은 경계를 두지
아니하네!
눈앞에 나타난 현상
현란한 몸짓으로
무엇을 알리고저 하는가?

대답 없는 이

무엇을 그리워해야 하나
댓돌위에 벗어 논 신발!
가지런한데…
주인공은 기척이 없네!
영원히 깨이지 않을
침묵만 감돌뿐…

산문 밖 소용돌이
시절을 말함인데…
아무도 대답하는 이 없네
이제 침상 밖 문을 열고
그대를 맞으리
진여!

누가 내게 길을 물으리!
세상은 흐리구
달빛은 요요하질 못하니
뜰 앞엔 바람소리

오구가구 남산엔
구름이 인다

그대여!
언제 오시려는가?
반눈을 뜨고
낚싯대
드리운 세월
어느새 흰서리 내리는
가을을 맞이하네!

잠 못 든 나그네

추녀 끝 풍경은
밤을 새워 울고
바람소리 새벽까지
목을 놓아 우네!
어디서 오는 바람인가…
밤새 산천은 요동치고
잠 못 든 나그네
어디에 머물는지…

노루도 오늘밤엔
울어오지 아니하네
새벽녘 간간히 밤새가 울고
또다시 새벽을 맞는구나
작은 꽃잎하나
바람에 떨고
밤새 추위에 힘들어 하네!
언제나 바람이 멎을는지…

천지로 부는 바람
무슨 의미가 있길래
이토록 때 아닌 시절인가!
희망의 열매마저
바람에 떨어지진
않았는지!…
누군가 나와 함께
길을 열어 보지 않겠는가?

적막감 도는 새벽산사

빗소리 들으며
눈을 감고 있다.
투둑. 투두둑…
계속 반복해서 리듬을 타네!
적막감 도는 산사
새벽시간 아무도 같이
깨이지 않네!

마음가득 채워오는
밀물 같은 존재
번뇌일까?

남산 골짜기
바람이 불어오네!
초록빛 물결 이번 비에
싱그러움 더하겠지!
내 마음 불어오는
훈풍 언제 맞으려나…

낮이면 들가에
농부되구 이른 새벽
누가 나를 깨운 건지…
지금은 나와의 대화
빈 공간 여백에
그대여!
바람처럼 오시게나!

하늘가득 만다라
축복을 드리우네!
어여 심성 어두운 이
맑은 경계 드러나길
비와 함께 기도하네!

우리네 삶의 모습

서산에 노을 붉게 물들구
앞산 언덕배기
땅거미 깊어지면
이곳 천지도 고요가 숨을 쉬네!
물소리 청아하게
소용돌이치는 소리
크지도 작지도 않게
소란을 떠네!

빗물에 떠내려 온
낙엽들이 겹겹이
옹달샘을 만들고
하나둘씩 물위로 떠나가지만
흘러오고 흘러가는
모양새 우리네 삶의
모습 아닐는지…

깊은 사고가 넘쳐나도

어제의 일은

그저 알지 못할 뿐…

쉼 없는 물소리

오구감이 여여하네!

어디에서 오는 메아린지.

그대는 아시는가?

삶의 뒤안길

삶의 뒤안길에서
뒤돌아 본 세월
길지도 짧지도 않구나!
숱한 인연들
어디로들 갔는지
불러보고 싶은 이름도
망각이라는 세월 앞에
어쩔 수 없이 색이 바래가네!

고요가 찾아와도
저기 먼 기억의 저편
그대 아직도 내 생각 하려는가!
별빛은 밤하늘 가득
수를 놓고 용왕당 촛불은
이리저리 촛불 춤을 추네
누가 나를 수행자라
하겠는가!

본분은 망각하지 않았으나
중생의 자리에서
승속의 경계를 넘나드니
본질이 궁금할 뿐…
그대 벗님네들과
이 모습 벗으려니
참과 거짓이 무엇인가!
내게 일러주오.

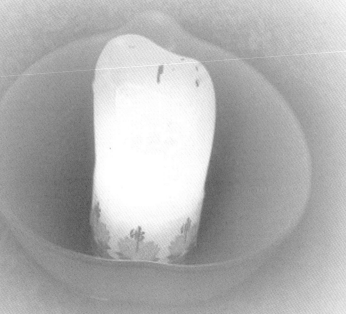

지혜의 눈

처연한 삶의 모습
초월의 명상에서 깊이를 헤아리누
무언의 시간!
천만가지 사고가 지나가고
맑은 경계 이르면
이미 내면의 깊이
가늠하기 어려우리…

누가 산천의 주인인가!
주장자 높이 들어 허공을 질타하니
천지두 제 모양 나툼이네
어디 중생이
사람뿐이겠는가!
온 우주의 티끌까지두
진여의 모습 처처로 나투리니

각자여! 살피소서
메마른 마음에 단비가 되어주길…

중생의 근기 따라 설하는 법
각자의 몫이리니
눈 멀구 귀 어둔 이
새벽녘 여명처럼
지혜의 눈 맑히소서!

새벽녘 붉은 동쪽하늘은
현자를 깨우지만
누가 그 뜻을 같이하리…
그대여!
과거의 허상 따윈 버리소서.
현상계의 지혜
법의 나툼이리니…

님에게 보낸 저녁편지…

그리운 내님에게
오늘저녁 꽃편지 썼네….
사랑하는 그대에게
보구 싶다구
나리꽃 한 송이 얼결에 띄웠지….
하얀 백지는 아니래두
빼곡하게 마음 전하구 싶은데…
님은 내 마음 아실런지…

보구 싶은 마음
이리 많은데…
허공에 연서 띄우구
철 이른 매미소리에 귀 기울이네…
원추리 꽃두 내 마음 아는지
부끄러워 살며시
고개 내미네…
수줍은 저 나리꽃 연서…

여름밤두 깊어만 가는데
초저녁부터 밤새 울음소리
고요를 밀어내구
먼 산으루 달빛 비춰오네…
어느 날엔가 그대 오시거든
달빛 비추는 창가에서
그대를 위해 시 한 수
낭랑히 들려주련만….

무언의 가르침!

촛불이 춤을 추네!
사방은 고요한데
간간히 부엉이 소리
깊은 침묵을 깬다!

무언의 가르침!
시공마저 뛰어넘어
현상계를 뒤흔드니
법당 위에선 촛불 춤을 추네!

마음에 나타난 상
미소로 피어나니
두두물물이 부처 아닌 것이 없네!
이것이 정견 아니겠는가!

내가 맑다면
시시비비를 떠나야 하고

천년가업 이로써
전해온 묘법일세!

누가 문밖의 시비를 논할 손가!
만상이 제 모습 표출할 뿐
천지는 회자정리이니
그저 지켜볼 뿐…

여 명

어둠 저편 새벽이 오구 있겠지?
남산엔 아직 새벽별 차지하구
머리 위엔 북두칠성 자리를 빛내니
언제 새벽은 내 곁으로 오려나!
무언의 메시지 이미 받은 지
오래지만 남산은 아직도
깨일 줄을 모르네!

누가 그 소식 함께 하리요!
마음 문 열어놔도 찬바람만 오구 갈뿐
원효성사 허공에다 바람소리 일갈하니
남산에 부는 바람 비 소식 몰구 오네…
오구 감을 논하지만
시방의 빛 아직 별빛만 요요하구
여명은 아직 미동두 않는구나.

세상 어디엔가 내 소식 들리거든
바람소리 한소리에 시방은
천지에 봄소식 전하리라…
그 누가 있어 이 소식 오구 갈는지.
아직 세상은 고요하기만 하네!
흰 소 울음소리 요란한데
아무도 돌아보지 않는구나…

정겨움 가득한 세상

토굴 안에는 홍시가 익어가구
천지암 지붕두 서리가 내렸네!
내가 사는 세상
정겨움 가득한데
벗님네들이여!
누가 나와 함께 멋진 춤 한번
안 추시겠는가!

인연의 끈 삼계루 통하니
모두가 하나인데…
생사두 잊구 열반두 잊었는가.
남녘별 천지루 비춰갈 제
누가 지혜의 문 두드리누…
오구가는 길 찬바람 일어
천산을 어찌 찾아갈꼬…!

지난 세에 인과를 논하지만
정작 무엇을 보았는가?
마음의 깊이 시공을 넘나들어
그대 꿈속을 찾아가리…
벗님네들이여!
마중하소서!

우수에 잠긴 마음

약산에 녹음이 깊어두
깊은 회색에 잠긴 마음은
열리질 않네…!
문은 빗장을 걸어놓구
마음은 우수에 잠겼구나…!

무지갯빛 가득한 화사한 봄날은
이젠 돌아오지 않을거나…
잠이 들면 꿈은 아직두
옛일을 기억하지만
새벽녘 베갯잇에 흐른 눈물 어이하리…

창가에 기대서서
지난일 생각하니
춘몽과두 같았어라…
해뜨구 해지기를 몇 번이나 해야 하누…
어서어서 서녘으로 가자꾸나…

님 마중

아무두 모르게
이름 없는 산천에 피어나서
정원에 길들이지 않아두
너는 이리두 이쁘구나…

수줍은 듯 살며시 고개를 숙인
너의 아름다움에 반했네…
내가 꽃 되어 이 자리에 머문다면
먼 곳에 님이 찾을거나…!

법당 앞 뜨락 건너
그대가 찾아주니
화사한 미소 절루 피어나네…
내 애인되어 머물거든…

님 오는 날 마중하게 하소서…!
꿈결에 오신님
오늘은 그대 넋이 되어
도량산천에 저 홀로 피었구나…

무명을 걷어내고

물위에 떠다니는 부평초처럼
한세월 그리 살았어라!
아무도 말하지 않았던 무심의 세월…
밭 갈고 씨 뿌린지
이미 스물 몇 해이던가…

마음은 이제 고요를 깨고.
천지에 소식 바람결에 날리려니…
님이여!
어제의 일을 야속타 마소!
생사가 여여한데 진여의 모습
그대 앞에 나투리니…

내가 주는 차 한 잔.
어두움에 가려진 무명을 걷어내고
갈증에 목마름 해결 지으리…
이제 청산도 과거의 마음이 아닐진대
세월은 아직도 님을 부르려하네!

제5부

심상에서 피는 연화

그대들은 아시는가?
정겹고 아쉬운 시간
감로의 법
무언의 메아리
사랑하는 님!
천지암 아침
고요한 산천
잊어버린 존귀함
출가란 무엇인가?
영산에서 설한 법
무 상
심상에서 피는 연화
나는 누구인가?
세월의 속삭임
수행의 시간

그대들은 아시는가?

달은 구름에 잠기우고
바람은 산내를 휘감는다!
비가 오려는가?
낙엽이 바람을 이기지 못하고
마지막 몸부림을 하네!
시절이 변하는 줄 그대가 아는가…
가을의 마지막은
겨울로 가는 길을 재촉하구.

대웅전 문틈 새로
찾아든 바람이 소리를 내네!
어제 찾아온 손님
가슴은 얼마나 시릴는지…
부모님을 허공으로 보내고
우주의 티끌 같은 삶
회향을 했네…
온 곳두 가는 곳두 모른 채…!

그대여!

편안하시길 두 손 모아 기도하네!

법당 가운데는

촛불이 춤을 추구

망자의 그림자 무엇을 말하는지…

그대들은 아시는가?

시간은 새벽으루 향하구

비가 처연하게 산문 밖을 적시네…

정겹고 아쉬운 시간

도토리묵을 쑤구…
가마솥엔 김이 모락모락 난다
먼 곳에서 손님이 오셨네!
홍시를 내어놓구
정겨운 시간 찻잔을 기울였지…
햇살은 짧기만 하구
님을 보내야 하는 시간
아쉽기만 하네…!

지치구 힘들었던 세상사
법담에 녹을는지…
가슴은 삶의 자락으루 얼룩지구
흐르는 눈물은 어쩔 수가 없네!
문밖의 일이라
내가 전한 메시지
그대 마음 적시면 좋으련만…
어찌하누…!

내 가진 지혜 천산에 두루하구
님에게 전하건만…
그대는 아는지 모르는지?
높은 곳과 낮은 곳이 서로에게
벽이 되진 않았는가!
해 저물면 그 또한
무슨 소용 있으리…
선자여!
깨우소서…!

감로의 법

고목은 이미 춘삼월을
맞는다 해두
꽃은 피지 아니하구
가을에 지는 낙엽만이
홍조로 물드네!

무엇을 얻기 위한 만남인가!
부질없는 세상사
그대들 보기 민망하니
낙엽 진 그길로
마음 한 자락 내리소서…!

이미 서리는 하얗게 내렸건만
그대들 보내는 연서는
무엇을 의미하는지?
뜻한바 있어 소식을 전하지만
누군가의 비웃음만 사는 건 아닐는지…

그대여!
빈 마음으로 내게 오시게!
진한 차 우려 벗과 함께 하리니
감로의 법 그 안에 성성하리…
오직 님을 위한 만남이길 기도하네!

무언의 메아리

입동 소설이 지나구
절기는 초겨울인데…
비는 왜 이리두 오누!
법당 앞 개울물이 소리를 내네!
온 사방이 빗속에 잠기구
처연하게 가슴속 깊은 곳에서
무언의 메아리 심상을 깨우네!

공부는 익었는가…!
과거의 그대는 내 입을 통해
들구나니
처처의 현상이 소리를 내네…!
밤 깊은 시간 님과의 교감으루
오늘을 보구…
성사의 목소리 귀에 쟁쟁하네!

마음 문 열려
조사의 법음이 들려오구

깊은 경계가 사라지니
천지의 조화가 나툼으루 시작이네!
처처에 두루한 신통 묘용한 소식
밭갈구 씨 뿌리는 가운데
나타나니
그대여 경계 하소서…!

여기 흰 소 울음소리
물외에 초연하니
누가 이 소식에 눈을 뜨려는가…!
암자는 겹겹이 운무에
휘감기구
인적은 이미 끈긴지 오래이네…
님이시여!

사랑하는 님!

님이여!
사랑하는 님이시여!
앵두빛 같은 연정으루
그리움 내게 몰구 온 당신은
누구시길래…

이토록 가슴 시리려 합니까?

스물 몇 살 철없는 나이에
찾아온 그대는…
쉰 넘은 지금두 그리움이어라!

강산두 서너 번 변해가구
물색 짙은 젊음두
이젠 고요가 내려앉아

색이 바랬건만…

내게 남겨진 그리움은
앵두빛 사랑이어라…!
봄 여름 가을 겨울이 지나가두
또다시 봄이 오면
연둣빛 그대를 맞으리!

사랑하는 님이시여!

천지암 아침

눈이 오네!
도량석 돌때두 별이 보였는데
예불 마치구 나오니
새털 같은 눈발이 하늘가득
만다라다…
어찌할꼬
용왕님 전 위로는
며칠 전에 내린 비로 고드름이
기둥처럼 드리우구…

풍경이야 좋으련만
스님네들 한숨이 절루 나네…
배추는 태산같구
아직 김장두 못했는데
이 일을 어찌하누!
삼한사온이라 했으니
다시 따뜻한 날 오겠지!
군불을 아궁이에 밀어넣구
하늘을 보네!

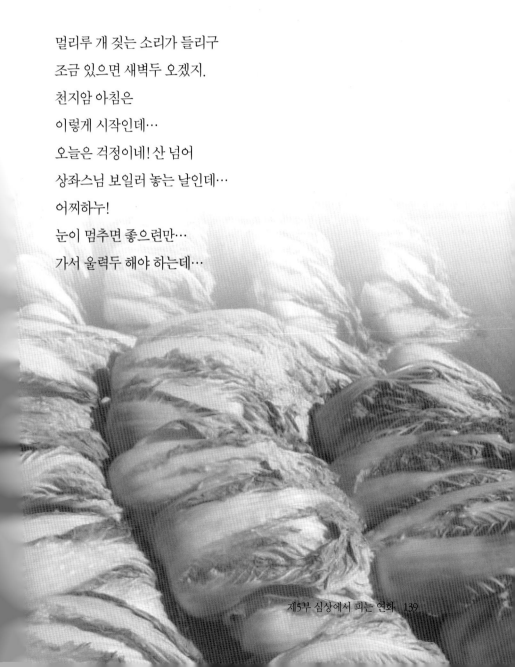

멀리루 개 짖는 소리가 들리구
조금 있으면 새벽두 오겠지.
천지암 아침은
이렇게 시작인데…
오늘은 걱정이네! 산 넘어
상좌스님 보일러 놓는 날인데…
어찌하누!
눈이 멈추면 좋으련만…
가서 울력두 해야 하는데…

고요한 산천

가지마다 휑하니
겨울을 재촉하네!
요란하던 여름 매미울음 소리두
종적을 감춘 지 오래이구…
곱게 물들었던 산천두
이젠 고요하기만 하다!

낙엽이 천산을 휘감고
벗님네들두 인적이 끊겼네…!
세상사 부질없는 행이거늘…
낙산사 관음전 조신 스님
하룻밤새 깨우친 도리를 그대 아는가?
밤새 희로애락의 인과를
경험하구 백발이 된 사연을…

삶이 그러하듯 마음이 일어나니
가지가지 현상이 나타나네…!
이제 이 빈자리 고요함으로
본래 면목 찾으리…
선사의 가르침 생사를 초월하구
심상은 청산으루 향하리라.

잊어버린 존귀함

세상은 왜 이리두 들끓누…!
중심이 없이 흔들리니
또다시 찬바람 일겠구나
모두가 스승이라 외치지만
하나두 얻을 게 없네…
눈은 아귀처럼 붉게 충혈되구
서로의 존귀함은
잊은 지 오래이네…!

얼마나 추운시절 보냈는가…?
귀두 눈두 제 기능을
잊은 지 오래이니…
화택 속에 있는 어린아이와 같구나
또다시 천지가 울어오면
누가 나서서 이 땅을 호령할꼬.
시시비비 떠나면 좋으련만
아무두 돌아보지 아니하네…!

님은 해탈을 논하지만
중생은 마음을 잊은 지 오래이구
스스로 부처라 이름하네…
그대여! 저 소리 들리는가…!
천지가 아우성치는 소리를…
아직두 노사의 일갈은
귓속에 쟁쟁한데
아무두 들으려 아니하네…!

출가란 무엇인가?

기차가 플랫폼을 빠져나와
미끄러지듯이 달린다
지나는 길목마다 옛 추억 어린
기와집 정겹게 자리하구
앞으론 개울물이 흐르네!
얼마 만에 타는 기차인지…
세상은 얼마나 변한건지…

형님은 이 길을 수없이 오갔건만…
멀리 있는 동생을 보구자
가슴시린 마음을 녹여가며…
자네가 스님이 돼서 자랑스럽네…
어느덧 강산이 세 번이나
변해갔지…
오늘따라 형님 생각이 많이 난다!

출가란 무엇인가?
모두에게 무엇을 줄 수 있을는지…!
저 흐르는 강물처럼
말없이 그대 마음을 적시구 싶네!
지나온 그림자
맑으면 좋으련만…!
천지에 햇빛만 여여하네!

영산에서 설한 법

천지가 흰 눈에 잠겼어두
눈 속에 티 없이 피어난
애틋한 순정이여…!
추위도 아랑곳없이
천상의 모습 그대루 닮았어라!
저 모습 천년을 가겠지만
아무도 사랑인줄 모르리…

과거세에 그대와 나눈 사랑
눈 덮인 산사에 찾아들고
그대는 아는지 모르는지?
백설을 온몸으로 이었구나…
창가에 찾아오는 달빛이
그 마음 전해오구
산승은 피안에 잠겼어라…

누가 저안에 법 있다 말을 하리.

기와집 누각에

고요가 내려앉구

말없이 그대는 내게 오네!

이미 옛일이야 논해서 무엇하누…

영산에서 설한 법

그 안에 성성하리…

무 상

적막한 산사에
밤 깊어 찾아온 손님…
새벽까지 맞이했네!
온 산천두 하얀 옷 입구
설화 만발한 가지마다
정겨움 가득한데…
바람은 어인일루 눈바람 일으키누…!

저기 눈 쓰는 스님네
무슨 생각 하실는지…!
무상이면 좋으련만
마음 길 열어갈 제 눈바람 피해가길…
천지에 부는 바람
머물 줄 몰라 하네!
어느 결에 이루련가…?

견성을 이루고자
비질은 하였건만 백설이 오구가니
또다시 비질이네…
천지에 맑고 흐림 만상을 그리는데
어느 시절에 님을 만나리요!
찬바람 잔잔하면
그대와 따슨 차 한 잔 하오리다!

심상에서 피는 연화

님을 향한 마음은
자귀꽃 필제 마음인데
저 흘러가는 구름은
무심하게 멀어져만 가는구나…
햇살 따스한 날 맺은 언약은
아직두 마음속에 서리서리
맺히는데 내 가슴속에 그대는
소식이 없구나…!

보구 싶다 어이하리….
삼경 깊은 시간 달빛 창가에
머물면 내 마음 홀연히
경계를 벗어나구 싶네….
홀로 가는 저 달은
무언의 가르침을 전해오구
애달픈 마음만 깊은 밤
잠못 들어 헤매이누….

어느 결에 파랑새 두 마리
법당 옆 어딘가에 둥지를 틀었는지….
앞서거니 뒤서거니
사랑놀음 한창이네….
먹물 옷 그늘 속 그리움은
무엇을 향함인가….
반개한 눈을 들어
희미한 달빛만 바라보네….

올해는 자귀꽃 얼마나
피려는가……
나와 함께한 벗님네여…!
희유한 소식 전할 때에
님의 눈먼 세상
얼마나 열리려누….
심상에서 피는 연화는
아직두 님을 기다리네…

나는 누구인가?

세상사 부질없는 꿈이거늘.
빛바랜 가사장삼 세월을 말하는데…
그간 청산은 몇 번이나
변해갔누!

마음을 내려놓고 저녁놀을 맞이하니
서산은 붉고 산천은 요요하다!
기러기는 서녘으로
몇 번이나 오가는지!…

대웅전 문풍지 바람소리 요란하고.
희미한 촛불은 촛불 춤을 추네!
시간은 새벽으로 향해가고…
나는 누구인가!

세월의 속삭임

절기는 대설인데
계절은 가을을 부르려하네!
남산에 빗줄기 고요를 깨고,
청산은 우수에 잠겼어라…

산은 산대로 슬프고
그리 울던 노루는 어데로 갔는가!
비바람이 세월을 말함인데.
어이해 돌아보지 아니하누…

동녘 어디엔가 붉은빛 감돌거든.
이곳 천지에도 새로움을 알리겠지!
산승에 붉은빛 주장자
허공을 쳐 올리려 하네…

수행의 시간

그 긴 시간!
수행의 끈마저 희미한데
새벽녘 부엉이 소리 얼결에 잠이 깼네!
고요한 시간!
법당엔 인등불빛 희미하고
아무도 깨어있지 아니하네!

공허하다!
마음은 잠시 허공으로 향하고…
그리움이 아직도 밀려온다.
세월이 가면 그대!
청산 어딘가에
무엇으로 남겠는가!

청산은 요요하고
바람소리만 귓등을 날리네!
겨울이 오려는가?
가사장삼 새로 찬바람이 인다…
낙엽이 구르는 소리
가을이 깊다…

제6부
무심에 드리워진 운무

우주의 법계

마음의 연서

변함없이 반기는 청산

고마운 마음

이른 봄

님의 자취

무심에 드리워진 운무

그리움 하나

여래의 진면목

생명의 메시지

무언의 대화

기다리는 봄

반가운 벗

티끌 같은 삶

산사 뜨락에 지는 석양

우주의 법계

오늘은 무엇을 해야 하누…?
바람은 잦았는가…
시절은 이미 새 기운 맞이하구
동녘으루 드는 붉은빛
희망을 노래하네…!
어제 오신 손님
먼 길을 달려와서
무엇을 얻었을꼬…

변화의 바람 불어올 제
그대 내면의 주인공 누구인가…?
내 안에 일어나는
지혜 넘쳐나두 마음을
관하지 않는다면
무슨 소용 있으리…
법의 성품이 오직 마음에서
일어나는 현상이려니…

일심이 청정하면
일신이 청정하구
일신이 청청하면
다신이 청청하리…
온 우주의 법계가
청정에서 비롯되리니
처처에 연화개 피어나네…

마음의 연서

그대여!
달빛은 이미 서녘으로 기울구
걷잡을 수 없는 시간은
또 다른 의미로 내게 오구 있지만
이미 무엇을 기대할 수 있나요…

언젠가!
빛바랜 추억의 일기장 속에
님의 흔적 들출 때면
왜 그리두 가슴이 아려오는지…
보구싶네요.

아직두 나를 기억하시나요?
갈대숲 거닐던 그 추억들을…
크루즈 타구 여행하자던
약속은 아직두 생생한데…
얼마나 멀리 와버린 건지…

마음의 연서
오늘은 허공으루 날립니다.
부디 평안하소서…!
빛바랜 일기장 속에
그대를 사랑합니다…!

변함없이 반기는 청산

오던 길두 가야할 길두
보이질 않네…
두려움 가득 몰려오구
천지에 고아가 되었구나…!
뒤돌아 본 세월
그래두 햇살 가득했었는데…
좌표를 잊은 지 오래이네!

싸리꽃 만발하구
칡꽃은 향기 그득 머금었지…
솔향 불어오는 구시월
미치도록 그리운데…
세상은 왜 이리두 냉정하누…
손에 마디마디 물집이 잡히구
오직 님을 위한 길이기에
한세월 살았는데…

아프지 마요!
세상이 그대를 아프게 해두
내 어이 그 시절을
잊을 수 있누…
산신각에 홀로 깊은 사색하여두
흐르는 눈물을 어이하리…
님아! 그 강은 건너지 말아주오…!

왜 이리두 허망하누…
청산은 예나 지금이나
나를 반기건만
내 이제 어이하리…
빈 뜨락에 혼자 무엇을 찾을거나!
저 동녘에 햇무리 오르거든
또다시 마음에 희망
솟으려는지…!

고마운 마음

바다 건너 동녘의 끝자락에서
반가운 손님이 왔네!
그동안 하구 싶은 얘기두 많을 낀데…
어찌 그리두 따스하누!
마음 한자락 바다위에 띄워놓구
고마운 마음 늘 간직하건만…
그대! 해풍 가득한 선물로
내게 왔네.

쪽빛 하늘과
비취빛 푸른 물결…
고깃배는 항구에 가득하구
정취는 옛것을 닮았어라
어찌나 인정 넘치던지…
그대여!
편히 쉬었다 가소
온갖 시름 내려놓구
토굴에 홍시 내어 오리다…!

먼 바다 풍랑두 잠잠하구
뱃길은 여여해서
가구 오는 길 걸림이 없어라…
오늘 내게 온 그대는
무애행 가득히 보이거늘…
지금은 서녘의 달빛만
한가히 머무르네…!
백의관음 무설설.
남순동자 불문문.

이른 봄

양지쪽 갯가엔 얼음이 녹구
물속에는 고기들이
우르르 모여든다.
시절은 아직 이르기만 한데
봄은 이미
물가로 내려오네…!

버들치 활기차게
숨바꼭질 하는 모습
벌써 봄을 기다리는데…
길가에 누룩제비
먹이 줍기에 한창이네…!
버들가지에 봄은
털북숭이 강아지 밀어내구…!

천지에두 변화가 오려는가…
바람은 입춘절기를 기다리듯

남녁의 햇살 가득하구
풍경소리 오늘따라
여유롭게 들려오네…!
님은 어디만큼
오구 있누….

님의 자취

가지마다 영롱한 구슬
잔뜩 달려 있네…!
티 없이 맑은 모습
내님처럼 보이는데…
하늘은 아직두 우수에 잠겼구나…!
무엇이 그리두 서러운고
저 나무에 매달린 채
한없이 그리움 토해내네…

촉촉한 물기 정겨운데
바람은 천길루 불어오구
저기 앉아 있는 내님은
슬픈 눈물만 짓는구나…!
바람아 아름다운 내님 눈가에
맺힌 눈물은 가슴으루만
불어다오…
저 영롱한 님의 자취
내안에만 머무르게…!

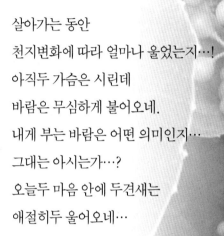

살아가는 동안
천지변화에 따라 얼마나 울었는지…!
아직두 가슴은 시린데
바람은 무심하게 불어오네.
내게 부는 바람은 어떤 의미인지…
그대는 아시는가…?
오늘두 마음 안에 두견새는
애절히두 울어오네…

무심에 드리워진 운무

고요한 침묵 한가운데
정좌를 하구
반개한 눈은 일상을 잊었네…!
눈빛은 무상에 드나
생각이 평정심을
어느 시절 찾으려누…!

잔잔한 구름 일듯
티끌은 법계에 가득하구
선승의 어깨 위루 운무가 인다
청정한 바람은
법 가운데 칼바람을 일으켜두
무심에 드리워진 운무는
개일 줄을 모르네…!

선자여!
깊은 마음 이미 열반을
알려와두

몸으루 나툰 무상은
저무는 저녁노을 같구나…!
한세월 중생을 위한
법을 설했을지라두
허망함 어이하리…

억겁의 세월로 님을
부르러 하네…!
청학은 날갯짓 힘차 하구
물색은 이미 깊었어라
온 길두 어두워 알지 못하구
갈길 또한 어디루
가야하누…

그리움 하나

시간은 봄을 향해 문을 열고
갯가엔 버들가지 가녀린
털옷을 준비했네…!
양지 가 언덕에는 아지랑이
봄을 부르구
저 멀리 들녘엔 냉이가
기지개를 켜네…!

마음은 벌써 겨울을 벗구
산허리 운무두 미풍에 춤을 추네…!
천지에 요동치는 봄의 기운은
먹물 옷 깊은 자락두
빗겨가질 아니하네…!
가슴에 밀려오는 그리움하나
산승은 아직두 옛일 생각하리…

저 먼 곳 어디엔가
아픔 간직한 채 그대 또한
내 생각하려는가…!
봄이 오는 길목은 천지의
바람두 힘겹기만 하구
남산에 봄소식 아픔 간직한 채
비와 함께 오구 가네…!

여래의 진면목

새벽바람이 차다
풍랑 저 멀리 붉은빛 솟을 제
희망을 향해 기도를 하네…
아픔을 전하는 이두
고통에 몸부림 치는 이두
모두가 평안하길
두 손 모아 빈다…

경건한 마음으루
모두를 향한 염원을 담은 채
새벽을 여네…!
어느 누군들 소중하지 않으리…
세상사 일들은 잊었지만
내게 있어 기도는 만인을
위한 몸부림인 것을…

내안의 티끌 하나까지두
생명의 노래를 부르네…
포대화상의 입으루
세상사를 알리지만
여래의 진면목 어디에 나투리…
그대여!
편해지소서…

생명의 메시지

어느 날 내게 찾아온
깊은 환희심…!
기혈의 막힘과 열림에 대해서
마음 문이 열리는 순간…!
기적 같은 일들이
일어났네.

내안의 가르침들을…
모두가 건강하구
다시 회생하는 깊은 대화들이
마음 안에서 일어났네…!
모두를 위한 생명의 메시지
천지의 뜨락에서
전하고저 함이려니…

다함이 없는 중생심에서
백년을 건강하게 살으리
치유와 회생…
님들을 위함이니
같이 하지 않으시려는가…!
천지의 묘법을 전하리…

무언의 대화

달빛은 산허리를 휘감기고
적막한 산사를 감싸안구 도네…
먼 산언저리는
새벽으루 향하는데…
마음은 얼음장처럼 차다.
늘 깨어있는 이 시간
무언의 대화를 나누지만
빈 마음으루 달빛만 요요하네…!

이제 저 달빛두 잠들면
푸른 새벽 찾아오겠지…!
오늘은 희망을 꿈꾸며
이른 설레임으루 님을 맞으리…
아직은 분주하진 않지만
시절변해 꽃소식 찾아오구
벌들이 날아들면
천지두 변화의 바람 부려는가…!

마음은 겹겹이
울타리를 쳐두
봄이 오는 소식은
어찌할 수가 없네…
이 설레임 누구를 향함인가…!
큰 물결 오구갈 제
내마음두 연서를 띄우리라…
아직은 음달에 쌓인 눈이
녹지두 않았는데…

기다리는 봄

햇살이 정겹게
뜰 가득히 넘나들구
벌들은 첫 비행에 소란을 떠네…!
마른나무 가지 새로 봄기운이
나래를 펴구 도롱뇽이
돌 틈새에서 기지개를 켜는
봄이 오는 시간을 기다리네…!

얼마 안 남은 얼음장에서
가는 시절이 아쉬운 듯
하염없이 눈물을 흘리구
마음속에 피구 지는 염화는
인연을 쫓아 피건마는…
아직두 시절은 운무에 가려
오지를 아니하네…!

전하는 이두
듣는 이두 모두가 벽속에 갇히니
어느 하세월에 연화는
꽃 피울꼬…?
제방에 스승이시여…!
인연을 쫓아 피어나는 염화를
어느 결에 전하리까…

반가운 벗

남도의 그리움 안고서
반가운 벗이 왔다!
젊은 세월 남도에서 보낸
세월의 끈 때문일까!…

처음 맞이한 인연인데
오래된 친구 같다
그리웠던 남도의 사투리
반갑다!

오늘 내게 마음을 들뜨게 한
친구들!
어떠한 법담이 필요하리!
그저 그간에 소식 궁금할 뿐…

벗이여!
그대에게 주는 차 한 잔
마음 전한 끈이라네!
메마른 흔적일랑 바람결에
날리시구…

티끌 같은 삶

어디서 왔다
어디루 가누!
온 곳두 이미 헤아릴 수 없건만…
티끌 같은 삶!
무엇을 찾아 헤매일꼬!
높은 하늘 구름 흐르듯이
모였다 흩어지기를
얼마나 하였는가!

요석공주 인연 짓기를…
성사는 법을 전하고자
함일런가!
내가 무엇을 찾아 헤매리!…
그대! 허공 속에 깊은
집을 짓네…

산사 뜨락에 지는 석양

저녁노을 곱게 물든
산사의 뜨락에
지는 석양이 애틋한데…

솔가지 새로 정겨움 넘쳐나네!
저 따사로움
마지막 저무는 내 영혼 같구나…!

추운시절 어찌두
저리 고울 수 있누…!
마음은 명경 같다 해두

쓸쓸함은 겨울을 맞네…!
산비둘기 저 소나무 숲
찾아들구…

뜻 모를 서러움
그대는 아시는가…?
내 여기 앉아서 무엇하리…

제 7 부

연화의 세계

사랑의 메시지

산승의 그림자

부처님 설법

기다리는 벗님네

깊은 사색

님의 소식

봄을 맞이하는 천지암

고요한 산사

내게 열린 세상

피어나는 연화가 되어

우중의 사색

만다라

연화의 세계

산천의 벗

사랑의 메시지

수없는 만남이 오구가구
정겨운 벗님네!
한줄 글을 남기네…
때로는 답글루 표현하구 싶어두
무어라 말을 하리…
아름다운 추억은
만남과 함께 시작되구…!
늘 여여하시기만 기도하네…

오늘두 그대의 안부
묻고자 해두
또다시 그리움 몰려올까봐
먼 산 허공만 향한다네…
여기 모인 님들이여…!
심안 가득 전하는
사랑의 메시지를 그대는
아시는가…?

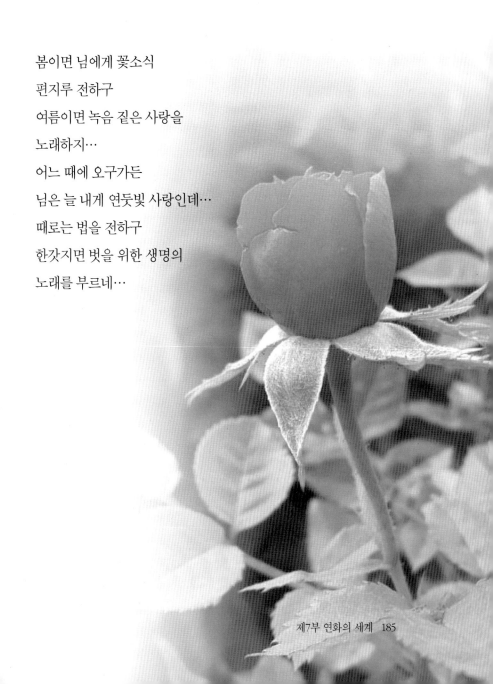

봄이면 님에게 꽃소식
편지루 전하구
여름이면 녹음 짙은 사랑을
노래하지…
어느 때에 오구가든
님은 늘 내게 연둣빛 사랑인데…
때로는 법을 전하구
한갓지면 벗을 위한 생명의
노래를 부르네…

산승의 그림자

바람은 불기만 해요…!
언덕을 지나서
실개울을 타구 담장 가득
불어오네요…!
옛날엔 어찌나 설레던지…
강산이 수없이 변해가구
이제는 초로의 객으루
무심하게 바라만 보내요…

내게 남겨진 시간
벗님들께 진솔한 얘기들
나눌게요…^^
흘러온 세월 곱기야 할까마는…
상처투성이 아픔두
법문이 되기두 하구
연둣빛 사랑두 시가
되기두 하네요…!

세월 따라 쌓인 추억의

그림자…

님들께는 파랑새 희망으루

전할게요…

산승의 절절한 얘기들을

오직 부처님 전에 귀의한

이름 없는 산승의

그림자를 전합니다…!

부처님 설법

하늘은 이미
성현의 오구감을 알리구
과거의 부처님 긴 세월
법을 설했지만
천지는 변한 게 없네…!

사리불 석가세존께
깨달음을 얻었지만
늘상 경외하는 마음
우주에 가득한데…
오늘 내게 열린 세상은
무엇을 의미하는지…

어두운 장막을 어찌할꼬!
화택 속에 어린아이처럼
귀와 눈이 침묵 속에 잠겨있네…
어느 세월 일월성신이
맑지 못하다면

무릇 생명의 종자
어디루 가야하누…
다시금 긴 시간을 윤회의
수레바퀴 속에 오구가겠지…!
무상의 도리가
그대들 잠을 깨우려하네…

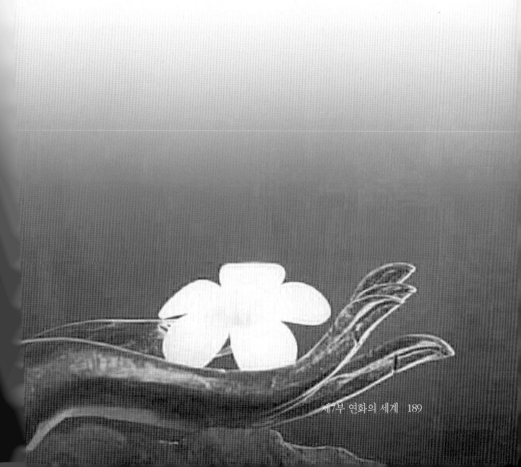

기다리는 벗님네

남산에 휘영청 달이 밝다
오늘이 보름인데…
찰밥은 얼마나 해야 하누…?
부처님 전 공양두 오늘은 찰밥인디…!

가지가지 나물 삶아놓구
정을 나눌 벗님네 기다리지…
윷놀이판 벌이구
웃음소리 떠들썩한 날이라네…!

언제나 한번 어울려 놀아볼꼬…?
철없는 어린 시절이 그립구나
옆집에 처녀들
이젠 물색두 바랬겠지…

지금은 나를 기억해줄
그리운 이들두 하나둘씩 떠나가구…

이북집 막내아들
산천의 객이 됐네…!

오늘 오는 벗님네여!
그리움 가득 몰구 오소…
봄은 이미 뜰 앞에 내려앉구
호랑나비 날개짓 님을 부르려하네…

깊은 사색

무심히 부는 저 바람소리
밤은 이미 깊어 가는데…
추녀 끝 풍경소리만
울리구 있네…!

풍경이야 울리든 말든
어쩌다 깊은 사색은
허공을 향하구
이미 달빛만 허공중에 가득하네…

산승은 무얼 생각하누…!
그리 슬피 울던 노루두
오늘은 기척이 없네…
누구와 벗을 할 거나…?

간간히 어릴 적 철길루 들리던
기차경적소리가 그립구나…
마음이 허허롭네.
내 나이 몇이던고…

밤새 어디서 오는 바람인지…
잠못 드는 마음만이 힘들구나
누가 이 밤을 함께 놀아주누…
청산에 부는 바람 멈추질 아니하네…!

님의 소식

양지쪽 언덕에는
아지랑이 봄을 부르구
호랑나비 한 마리 여유로운
날갯짓이다…!
그대는 부르지 않았어도
이미 모두에게 시샘하듯 다가오구
부푸는 매실나무 꽃망울들이
님의 소식을 전하려 하네…!

버들가지는 물이 오르구
벌들은 분주한 날갯짓이다
마음은 벌써 진달래 향기 나는
내님을 닮구 있네…!
저기 들녘을 가로질러
오시는 내님이여…!
두근거리는 내게 무엇을 주려하누…
동박나무 꽃처럼 노란 꽃망울로
당신을 맞을거나…?

그림자두 비치지 아니한데
님의 훈풍은 이미
가슴깊이 불어오구
남녘에 꽃소식
부푼 가슴으루 그리운 님이 기다리네…!
동서는 환희심 몰구 오구
오늘은 꿈길로두
님을 마중하러 가려 하네…!

봄을 맞이하는 천지암

만산에 봄이 오구
도랑물은 겨우내 쌓인 낙엽을
자꾸만 아래루 보내려
소리를 내구 있누…!
천지암 산신각 앞에두
노란 꽃망울 터트리구
동박꽃 수줍게 님을 맞네…!

싱그러운 물방울들이
저마다 보석인 냥
가지마다 드리우구
예쁜 미소로 님을 기다리네…!
어여쁜 그대여…!
내가 전하는 연서 들리는가…?
내가 사랑하는 님이시여…

밤새 낙숫물소리는
그리움 몰구 오구…
새벽녘에 잠시 꿈길에서 님을 보네!
내 마음에 봄은 언제던가…?
이제 얼마 있으면 남산에두
진달래 수줍게 필터인데…
사랑하는 님은 소식이 없네…!

고요한 산사

무당새 한 마리
문 앞에 와서 사뭇 지저귄다…
가만히 보구 있노라니
어느 결에 마음은
소년이 되어 있네…!

하구많은 자리두 많건만
하필 대웅전
현판 옆에 둥지를 트누…
무어라 해두 친구인 냥
늘 떠나려 하질 않네…

오늘아침엔 내 창가로 와서
무슨 말을 하구 있는 건지…
저 무당새처럼…
한갓지구 싶다…. ^ ^
창공을 나는 새처럼 걸림 없이…!

춘분의 절기에
바람은 고요하구
새소리 고요한 산사를
희망으루 물들이네…!
오늘은 먼 곳에 님이 오시려나…?

내게 열린 세상

오늘 이 하루가 온전히
행복하게 하소서…!
따스한 햇살 가득한 뜨락에서
벗과 함께 깊은 대화 나누며
찻잔을 마주하구 싶습니다…

오늘 내게 열린 세상은
환희심 가득한
그대의 표정을 보는 것입니다…
진정한 마음 나눔이
그대를 들뜨게 하소서…!

내 뜨락을 찾는 그대여…
전할 마음은 가득한데
행여 뜻과 같지 않을까
늘 고민합니다…

어제는 개울가

버들이 물이 올라

연둣빛으루 변해 가는 걸

보았습니다…

잔잔한 파문이 일데요…

보구싶습니다….

그대여!

피어나는 연화가 되어

천지암 뜨락이 꽃으루 장식되구
크지두 작지두 않은
요람 같은 도량에 길 떠났던
뻐꾸기 돌아오네…
저 뻐꾸기소리 희망을 노래하구
천지는 환희심 가득한데
심지는 아픔으루만
머무누나…!

내 어찌 꽃 지기를 바라겠누.
내안에 내가 빛을 잃었다 해두
물색고운 님은
먼 하늘 허공으루만
사라지려하네….
천지를 둘러봐두 자기소리만
하는구나…!

맑은 눈 가진 그대여…!
그대가 그립구나.
도솔천 큰 기운 받아
호랑이 등을 타구 내리시는 님은
항상 내 곁에 머무시는데…
걸쳐야 할 법의는
남루하기만 하네…!

부귀두 명예두 바라진 않지만
낮은 자리에서
피어나는 연화가 되어
모두를 담구저 하네…
물색고운 그대가 오면
내 마음 열어
우주를 담으리라….

우중의 사색

문밖이 소란하다.
똑똑 투둑투둑….
아직두 밤은 깊은데 하늘가득
내리는 빗소리에
가만히 앉아 귀 기울이네…!
잠은 멀리 달아나구
그동안 짧지두 길지두 않은 세월
사연두 많았구나…

나 자신을 돌아보는
우중의 사색…
오십육 년의 세월을
밖을 보며 살았는데…
나 자신에게 얼마나 소홀했누…
풀잎마다 영롱한
구슬 맺혔는데
내게두 영롱한 구슬 맺히려는가…?

온 세상 하나 가득

환희심 일었는데…

몇 번을 비바람 일었는고…!

누가 청산의 소리에

눈이 뜨려는가…

운무 걷힌 마음자리

그곳에서 너를 만나리…

영롱한 구슬 같은 그대를…!

만다라

하늘가득 만다라다…
이 길을 어이 갈꼬…?
길두 눈 속에 잠기구
인적은 끊기었네…!

나무꾼 어제 나무하길 잘했지
엄동설한에 눈마저 내렸으니
음달에 내린 눈은
어느 세월에나 녹을꼬…?

눈 속에 누루제비
처량하게 앉아있네…
양지쪽 눈 녹으면
먹이 줍기에 바쁘겠지…!

오는 이두 가는 이두
길이 막혀 못 오는데…
산비들기 찾아와
눈 맞춤 하구 가네…!

연화의 세계

꿈을 꾸듯…
해맑은 천사
인연에 의해서 내게 오네…
먼 과거로부터의
인과가 아니겠는가…?
작은 연 하나가 천지에
스승이 될 때까지…
얼마나 많은 태풍과 비바람을
견뎌야 할지…

시절은 혼미한데
연화의 세계 오려는가…!
깊은 내면의 씨앗 언제 싹트려누
저 모습 또 다른 선기거늘
누가 천지를 열어줄꼬…?
물은 얼마나 주어야 하는지…
적당한 일기가 뜻이려니.
지혜의 시작이 이미
살구열매 맺음이라…

산천의 벗

향기 짙은 사월이네!
벚꽃 향기 설레는 이 마음
어찌할꼬…?

진달래 온산을 붉게 물들이구
환희심에 들뜬
수줍은 산천의 벗이여…!

세월은 빨리두 가는구나.
님을 사랑했던 마음두
물색이 변해가네…

이젠 허기진 마음에
무엇을 담을는지…
내 모습 어디에서 찾을거나…?